ADOLESCÊNCIA
entre linhas e letras

AMOR ADOLESCENTE

ELIAS JOSÉ

Ilustrações:
Denise Rochael

5ª EDIÇÃO

Conforme a nova ortografia

Copyright © Elias José, 1999.

Direitos reservado à
SARAIVA Educação S.A.
Avenida das Nações Unidas, 7221 – Pinheiros
CEP 05425-902 – São Paulo – SP – Tel.: (0XX11) 4003-3061
www.editorasaraiva.com.br.
atendimento@aticascipione.com.br

Dados Internacionais de Catalogação na Publicação (CIP)

José, Elias, 1936 -
  Amor adolescente / Elias José ; ilustrações Denise Rochael. —
São Paulo: Atual, 2009. — (Entre Linhas e Letras)

  Inclui roteiro de leitura.
  ISBN 978-85-7056-987-5

  1. Literatura infantojuvenil I. Rochael, Denise. II. Título. III. Série.

CDD-028.5

Índices para catálogo sistemático:
1. Literatura infantojuvenil   028.5
2. Literatura juvenil   028.5

Coleção: Entre Linhas e Letras

Gerente editorial: Wilson Roberto Gambeta
Editor: Henrique Félix
Assessora editorial: Jacqueline F. de Barros
Coordenadora de preparação de texto: Maria Cecília F. Vannucchi
Preparadora de texto: Célia Tavares
Revisão de texto: Pedro Cunha Jr. e Lilian Semenichin (coords.)
Janaína da Silva

Gerente de arte: Edilson Félix Monteiro
Editor de arte: Celson Scotton
Chefe de arte: Renata Susana Rechberger
Editoração eletrônica: Silvia Regina E. Almeida (coord.)
*Impressão e acabamento:*Log&Print Gráfica, Dados Variavéis e Logística S.A.

Colaboradores
Projeto gráfico: Glair Alonso Arruda
Roteiro de leitura: Paula Parisi

4ª tiragem, 2023

CL: 810451
CAE: 602621

*Para a Silvinha,
comemorando os nossos 25 anos de casados,
com o amor igual
e a amizade maior.*

*Para os nossos filhos, Iara, Lívia e Érico,
que andam sempre apaixonados.*

Para os adolescentes que leram as minhas
Cantigas de adolescer
e sempre me pedem novos poemas.

SUMÁRIO

Cantigas de Maria

Apresentação **9**

Nas fases da lua **10**

Pedido **12**

O bilhete **13**

Intromissão **14**

Quereres **15**

Duas faces **16**

O inadiável **17**

Desejos **18**

Necessidades **19**

Aqueles dias **20**

No espelho **21**

Na gaveta **22**

As rosas **23**

O professor **24**

Diferenças **25**

As ciências do amor **26**

Competição **27**

Lembranças e invejas **28**

Insônia **29**

A dança **30**

Cantigas de João

Apresentação **33**

Conselho **34**

A palavra amor **35**

A aeromoça **36**

O ciumento **37**

Carta de amor **38**

Esquecimento **39**

Observação **40**

Dia de sol **41**

O seu nome **42**

Ingenuidade **43**

Teresa **44**

A sorte da menina **45**

O horóscopo e o amor **46**

O autor **58**

Entrevista **61**

CANTIGAS
DE MARIA

APRESENTAÇÃO

Eu gostaria de cantar
e de dançar os meus poemas.
Eu gostaria que você, leitor,
pudesse ouvir o meu canto
e cantasse comigo,
pudesse sentir o movimento
e dançasse comigo.

Eu gostaria que este momento
da minha vida
fosse feito de aprendizagem
para o saber e para a ternura.

Eu nada seria
e meus versos nada valeriam,
se não fosse a certeza que tenho
de que vivo um instante único.
Um novo século chega por aí
e será um século de mãos dadas
e de maior justiça.
Meus guias e anjos e santos dizem
que conjugaremos juntos
o verbo amar.

Eu gostaria de dedicar os meus poemas
ao novo século
e aos adolescentes deste século
e do que virá.
Estou certa de que a poesia,
o canto, a dança e todas as artes
estão além do tempo
porque sabem a linguagem do amor.

NAS FASES DA LUA

Numa noite de lua nova,
vou abrir a minha janela.
Vou atirar flores pelos ares.
Vou dar bom-dia, dizer olá,
esticar os braços, buscar abraços
de amigos, parentes e namorados.

Numa noite de lua crescente,
vou unir as pontas da vida.
Vou puxar pelas lembranças,
vou emendar o fio do presente
ao fio do passado
e somar o que valeu.
Rasgo os rabiscos inúteis,
invento rabiscos novos.
Procuro no canto outra harmonia,
sem perder a ternura jamais.

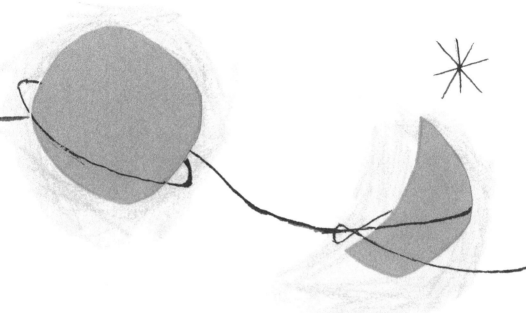

Numa noite de lua cheia,
vou encher minha cabeça
de sonhos, de fé e de planos.
Vou encher-me de certezas:
que a lua não se enche à toa,
que a sua luz é pura energia.

Numa noite de lua minguante,
vou minguar as minhas raivas.
Vou procurar os inimigos,
vou procurar o ex-namorado.
Esqueceremos as diferenças,
dançaremos nova ciranda
de bem-querer e de paz.

Numa noite de qualquer lua,
aprenderei a cantar valsas antigas,
só pra fazer serenata de amor
debaixo da sua janela.

PEDIDO

Cuidado:

   pise de leve,
   fale baixinho,
   vire a cara pro lado,
   nada de limpar a garganta,
   nada de canto ou assobio,
   nem pense em foguetes.

Meu namorado
e eu,
eu e meu namorado
estamos nos beijando, beijando,
beijando, beijando, beij...

O BILHETE

Achei o bilhete de amor
que ele me escreveu:
o poema mais belo,
escrito nas nuvens,
a música mais doce,
cantada por anjos.

Contei pra mãe e pras irmãs,
repeti mil vezes pras amigas.

Só não tive coragem de mostrar
pra ninguém. Era um segredo
muito meu e bem guardado.

E eu lá sou louca de mostrar
aquele bilhete de amor!...

Aquele bilhete de amor
falava coisas de arrepiar,
mas tinha dois erros de português
em cada palavra
e uns trinta e nove erros
em cada frase gigante e confusa.

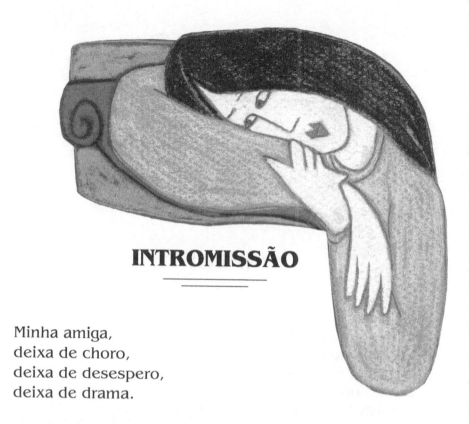

INTROMISSÃO

Minha amiga,
deixa de choro,
deixa de desespero,
deixa de drama.

A mais eterna das paixões
dura apenas uma semana.

QUERERES

Quero que você me queira assim,
com o meu sorriso meio triste,
com as minhas asas longas ou curtas,
com o exagero de raiva e de afeto,
com a gargalhada e o mau humor,
com a minha capacidade de falar
e as manias de me fechar em silêncio.

Quero que você cante comigo
todas as canções de amor.
Quero que você viaje comigo
pros países mais encantados.
Quero dançar nas nuvens com você.
Quero você junto, remexendo a rotina.

DUAS FACES

Quando me apronto
e saio toda produzida,
levo na bolsa mil sonhos,
entre os cabelos, cem estrelas,
nos olhos, toda a luz do sol,
no sorriso, um jardim florido,
no coração, um arco-íris
e na cabeça, mil planos de abafar.

Se não chamei a atenção
de algum garoto interessante,
volto pra casa como patinho feio,
pisando alto, soltando fogo
e querendo fugir do mundo.
Enrosco-me feito gato enjeitado,
sem força sequer pra miar.

O INADIÁVEL

Posso deixar pra amanhã:
os exercícios de química,
a visita à minha avó,
o banho no meu cachorro,
a troca do cordão do tênis,
a tentativa de um novo penteado,
até o pedaço de torta de maçã.

Só não posso deixar pra amanhã
o encontro com o novo amor,
que vem num cavalo alado
(que é apenas uma bicicleta),
o encontro com o meu príncipe
(que é apenas o novo vizinho).

DESEJOS

Quero a magia de viajar
até o mundo dos duendes,
mas saber também da dor
dos meninos de rua.

Sonhar com príncipes encantados,
sem desprezar o feioso que me olha.

Cantar todos os meus sentimentos,
sem me prender ao meu umbigo.

Buscar a liberdade a todo custo,
sem ferir a limitação alheia.

Prender-me ao meu porto seguro,
sabendo voar ao sabor do vento.

NECESSIDADES

Preciso muito de uma amiga
ou amigo
pra sentar comigo na praça,
pra descobrirmos coisas no céu:
uma estrela se deslocando,
a lua brincando de esconder,
as nuvens formando desenhos
e muitos objetos não identificados.

Preciso muito de uma amiga
ou amigo
pra sair comigo descobrindo
o mundo
com as suas tristezas e alegrias.

Alguém que escute os meus segredos
saindo de mim feito enxurrada.
Alguém que saiba dos meus medos,
que ria muito com os meus risos,
que fale abobrinhas ou coisas sérias
e que, às vezes, respeite
o meu silêncio de peixe.

AQUELES DIAS

Tem dias que a tristeza chega
de mansinho e se instala
no quarto, na sala, no banheiro,
no disco, no livro, na agenda
e até no prato de comida.

A gente abre a janela,
canta, implora, grita
e não adianta.

Quando a tristeza some,
a cara do mundo muda,
e até o nosso gato
mia de um jeito diferente.

NO ESPELHO

Quando a gente se olha
no espelho
e se vê meio fada,
meio rainha ou bailarina
e com cara de dona da festa,
tudo que é bom acontece.
O astral vai além das nuvens
e a gente brilha e brilha.
Se alguém falar de amor,
não faz mais do que obrigação.

Quando a gente se olha
no espelho
e se vê um lixo,
meio bruxa ou fantasma,
pode Deus ordenar,
podem todos os olhos pedir,
podem todos os anjos ajudar,
pois o navio afunda, afunda
e não vem mesmo à tona.
Se alguém falar de amor,
a gente acha que é gozação!

NA GAVETA

Nesta gaveta guardo
metade do meu mundo:
   fotos, fatos, joias,
   cartas de tarô, desenhos,
   bilhetes de namorados, canções,
   recados de amigas, poemas,
   florais, defumadores,
   cristais, flores secas,
   o meu diário
   com mil segredos anotados
   e mil bugigangas
   inúteis para os outros
   mas riquezas pra mim.

Falta na minha gaveta
o retrato de uma pessoa
que me fará esquecer de tudo,
até desta minha gaveta.

AS ROSAS

Como jogar fora
as rosas
que ganhei dele
no meu aniversário?

Estão murchas,
as folhas ressecaram,
os galhos não brilham,
os espinhos salientam-se.
Ponho água e nada...
A vida acabou depressa
pras rosas que ganhei.

Jogar no lixo
todas as rosas
é acabar com a beleza
e com o carinho
que representam.

Como jogar fora
as primeiras rosas
que ganhei de um namorado?

O PROFESSOR

O novo professor de matemática,
novinho em folha,
continua explicando e provando
que um mais dois são três.
E fala e fala e escreve e escreve
e se lambuza de giz
e nem me vê voando voando.

Não entendo nada de equação
e ele é ignorante em paixão.

Ainda bem que esse carinha
não dá aulas de poesia,
pois não sei o que seria
de mim...

DIFERENÇAS

Quando você passa por mim,
sinto mares revoltos,
vulcões entram em erupção,
a terra toda treme,
há chuva, relâmpagos e trovoadas,
mil canhões disparam tiros
e o sol dobra a sua capacidade
de emitir luz e calor.

Que ódio!
Olho em sua cara calma
e parece que nada acontece
e que nem nervos você tem.

AS CIÊNCIAS DO AMOR

Com você eu vivo:

    uma perfeita reação química,
    uma estranha equação matemática,
    uma lógica construção sintática,
    alguns mágicos acidentes geográficos,
    os maiores lances históricos,
    a paixão de todos os estilos de época,
    as metáforas mais afetivas,
    as fascinantes descobertas biológicas,
    a beleza das formas geométricas,
    toda a linguagem da informática.

Você e eu somos a ciência
do amor.

COMPETIÇÃO

Ele me olha muito,
eu olho muito pra ele.
Parece que ele quer muito
ficar comigo.

Me distraio
e, quando olho pra ele,
ele olha pra outra garota,
com olhos de quem quer muito
ficar com ela.

Queria muito ficar com ele,
mas mudo logo de canal.

Amor não é matéria
de competição.

LEMBRANÇAS E INVEJAS

Você passou, mas ficaram comigo:
   o seu jeito meigo de me acariciar,
   os seus olhos me observando,
   as suas palavras mais doces,
   o modo nervoso de às vezes gaguejar,
   a sua disposição para o riso,
   a sua fé cega na vida,
   a sua certeza de vencer,
   a sua vontade de ver e viver,
   o seu desprezo às coisas materiais,
   as suas camisetas com poemas ecológicos,
   o seu tênis gasto, um disco sempre novo
   e a sua capacidade de amar e perdoar.

Você passou, você ficou comigo.
Que inveja, que raiva da garota
que agora convive com o que perdi!

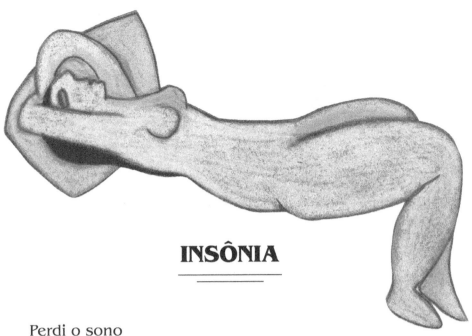

INSÔNIA

Perdi o sono
e me reviro na cama
e roo unhas
e coço a cabeça
e passo as mãos nos olhos
e imagino mil bobagens
e fico irritada
e qualquer barulho me amedronta
e aí é que o sono não vem.

Que ódio!
Quem dorme sozinho
não deveria ter insônia.

A DANÇA

Quem dança e ama a dança
sabe a delícia que é
conduzir o corpo aos céus,
estando meio preso ao chão.

Dançando, o meu corpo ganha
as cores e as asas das borboletas.
Faço um pacto com a liberdade
e descubro a beleza e o poder
dos movimentos.

Dançando, sou ave e mulher.
Sou peixe, dono dos mares,
e sou flor levada pelo vento.

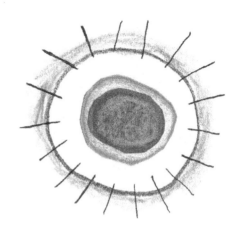

CANTIGAS
DE JOÃO

APRESENTAÇÃO

Entre teoremas e demonstrações,
entre pontos geográficos
e conhecimentos de história,
anoto ideias, anoto sonhos,
monto possíveis poemas.

Por acreditar na vida,
olho muito, leio o mundo,
busco entender o desconhecido,
coloco fé no que faço.

Neste caderno, há canções
feitas de sonhos e de desejos,
feitas de sons e de esperas.

Se às vezes desafino
e o poema sai dos trilhos,
não me importo muito.
Se todos os versos e estrofes
fossem belos e perfeitos,
não se pareceriam comigo.
Quero que o meu poema
tenha a minha cara adolescente
e traga as marcas de muitos iguais
que vão ler o meu caderno.

CONSELHO

Na lua crescente,
prepare o chão e o coração,
adube os sentimentos,
afaste o mato e as pedras,
molhe e afague a terra,
faça crescer a fé, a esperança
　　e a pessoa amada.

Na lua nova,
selecione boas sementes,
plante palavras ternas,
cuide de deixar as suas marcas,
veja e valorize o novo,
renove a ternura da amizade
　　e a magia da pessoa amada.

Na lua cheia,
jogue bem alto os seus sonhos,
pise leve a terra e as nuvens,
afague a folha e a flor,
cante pra ninar os brotos,
agradeça à vida bela e plena
　　e à pessoa amada.

Na lua minguante,
colha com carinho os frutos,
acate os melhores abraços,
reparta o favo e o trigo,
saboreie o tranquilo pão,
não deixe minguar os sonhos
　　e o afeto da pessoa amada.

A PALAVRA AMOR

Precisamos de muito cuidado,
muito carinho
e muito respeito
ao pronunciar a palavra
amor.

O vento venta mais leve
ao ouvir a palavra
amor.

O pássaro e o peixe
ficam mais belos e livres
ao ouvir a palavra
amor.

A folha, a flor e o fruto fazem
brilhar e enfeitam a palavra
amor.

O homem nunca fica sozinho
e é capaz de enfrentar feras
e frios e baques da vida
se vive e convive com a palavra
amor.

A AEROMOÇA

Aquela aeromoça moreninha,
alta e de pernas compridas e grossas,
com aquela discreta minissaia,
nariz muito empinado,
lábios e olhos bem pintados,
andando pra lá e pra cá no avião,
me deixa aceso, louquinho, doidão.
Me deixa mais aéreo, bobo e aluado.
Me deixa meio sonâmbulo,
me deixa de pescoço torto,
me leva além das nuvens,
me faz tocar a lua e as estrelas.

Aquela aeromoça moreninha,
meu Deus,
é um avião!

O CIUMENTO

Eu li o seu nome no muro
e, logo embaixo, uma declaração
de amor.

Uma declaração dura
para um apaixonado ler.
(Você deve ter achado o máximo!)

Como nunca escrevi nada
em muro nenhum,
não dormi de raiva
e abafado pelas palavras
da alheia paixão.
Quase morri de ódio e ciúme
uma semana inteira.

Quase morri de rir na outra semana:
uma tempestade derrubou o muro
e você nem se importou.

CARTA DE AMOR

Acho que nunca esquecerei
a cara espantada do carteiro,
quando me viu pular e gritar
e tomar a carta de sua mão.

Acho que nunca me esquecerei
daquelas palavras e frases batidas
repetindo o que milhares já ouviram,
mas que brilhavam de tão novas
e pareciam ditas só pra mim.

Todas as cartas de amor
são ridículas,
menos a primeira que recebemos.

A primeira carta de amor
é o poema mais genial e único.
É a mais suave, terna e sonora
canção.

ESQUECIMENTO

Um dia a gente esquece:
   a primeira grande raiva,
   a mais doida alegria,
   a mais doída mágoa,
   a palavra que feriu fundo,
   o primeiro amor imortal,
   a maior vergonha da vida,
   o grande pito do pai,
   a perda de um amigo,
   o dia em que encheu a cara e chorou.

Um dia a gente esquece
porque tudo vive o seu tempo
   e aos poucos se desgasta.

OBSERVAÇÃO

Engraçado, muito engraçado,
todo o dia a gente fala:
"Estou morrendo de amor!"
   e a vida fica mais intensa.

Tenho medo de um dia dizer:
"Estou vivendo sem amor!"
   e a vida ficar muito vazia.

DIA DE SOL

Um dia sem sol
é um dia sem açúcar
nem sal.

Um dia sem sol
é picolé sem gelo,
é noite sem lua,
é história parada,
é fada enfadada,
é bruxa dorminhoca,
é domingo sem mesada,
é boletim com vermelha,
é um galo mudo,
é fantasma aposentado,
é falta de graça em tudo.

Um dia de sol
é um presente dos céus!

O SEU NOME

Escrevi o seu nome
na agenda.
Ninguém mais viu.
Você viu
e nem ligou.

Escrevi o seu nome
na areia.
Você não viu.
O mar viu
e, ciumento, apagou.

Escrevi o seu nome
no muro.
A cidade viu
e comentou.
Você viu
e nem ligou.

Escrevi o seu nome
e o meu nome
numa árvore
com flecha e coração.
Você viu
e debochou.
O guarda viu
e se zangou.

Tomei raiva e decidi:
quero paz,
não escrevo o seu nome
nunca mais.

INGENUIDADE

Na boca da caverna
gritei, vibrando:

— TE AMO!
　　TE AMO!
　　　TE AMO!

E o eco respondeu
lá de dentro da caverna:

— TE AMO!
　　TE AMO!
　　　TE AMO!

E eu, ingênuo, acreditei...

TERESA

Teresa,
você é a coisa mais esquisita
que já vi na minha vida!

Teresa, precisava esse nariz de Pinóquio?

Teresa, precisava esses olhos estufados?

Teresa, precisava esses beiços esticados?

Teresa, precisava esses cabelos desgrenhados?

Teresa, precisava esse corpo feito linguiça?

    Teresa, precisava namorar aquele moleque besta?

    Teresa, precisava fingir que não me conhece?

A SORTE DA MENINA

O que será? O que será?
O que dirá a cigana
lendo a mão da menina?

A que terras,
em que tapetes voadores,
a cigana levará a menina?

Qual príncipe a cigana
trará de longe,
voando em asa-delta,
só pra namorar,
só pra se casar
com a menina?

Quanto de ouro, joias, vestidos,
palácios, estrelas, caminhos,
reinados, coroas e festas,
a cigana lerá
nas mãos da menina?

O HORÓSCOPO E O AMOR

ÁRIES

No fogo de uma ariana
me queimei.

Entrei no ritmo alucinante
de seus cristais, conchas,
seixos e flores vermelhas.

Entrei nos seus caprichos
e no seu suave modo de convocar
a gente pra seguir
o seu jeito de viver.

TOURO

Uma garota taurina
sabe chorar de alegria
e sorrir da tristeza.
Sabe ser durona
e derramar-se de emoção.
Sabe espalhar surpresas
nas ruas da cidade.
Sabe retomar o barco
quando a gente desanima
ou desiste de navegar.

Mas cuidado, taurina:
embarque firme nos sonhos,
solte as asas e voe,
porém mantenha os pés
em contato com a terra.

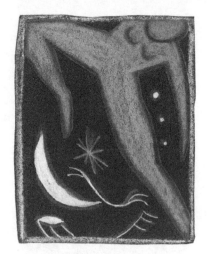

GÊMEOS

Alô, geminiana,
você chega e fala e faz
e abafa e abranda a vida.
Você sabe ser mutante,
versátil e instável.
Penso que agora você vai
me chamar pra dançar,
vai falar que me ama.
Há pouco o seu sorriso largo
me deu a certeza
que está caidinha por mim.

Mas logo chama o meu amigo
e fica falando com ele,
fica olhando nos olhos dele
e fico morrendo de raiva.

CÂNCER

Menina canceriana,
o seu signo é feminino
e banhado em água límpida.
Seu jeito sensível
toca fundo e fere
e é pura emoção.
Seu jeito caseiro
faz a gente pedir uma rede,
sombra e água fresca.
Seu jeito de guardar tudo
lá no fundo da memória
faz a gente pensar muito.

Mas não gosto quando
o seu desligamento transforma
o seu jeito gostoso
de distribuir sorrisos.

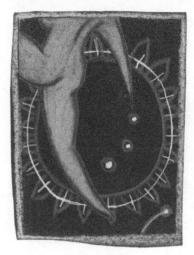

LEÃO

Leonina, admiro muito
o seu carisma,
o seu jeito de chegar ordenando
e mostrando-se poderosa,
dona do enredo triste e alegre
que a vida escreveu.
Leonina, não custa aparar,
dar um basta à sua vaidade.
Seja mais afetiva, mais macia.

Não custa olhar pra gente
olho no olho
e esquecer o próprio umbigo.

Não custa uma palavrinha
ou um gesto de esperança
pra encantar a minha tarde
e fazer a minha cabeça viajar.

VIRGEM

Não deixe, virginiana,
que o seu lado prático,
que o seu espírito crítico,
que a sua visão cética,
que o seu julgamento cínico
domine o seu lado gente.

Fazer amigos, virginiana,
é experiência colorida,
é adocicar a vida,
é encantar a solidão.

LIBRA

Libriana, o amor vive no ar,
bate de leve nas janelas,
manda recado com o vento,
vibra nas notas das canções
e é libriano, pode crer.

A libriana canta e dança
e pensa muito no amor.
A libriana busca a beleza
onde ela estiver escondida.

Mas, cuidado, libriana:
você pode perder o seu brilho,
se não despachar essa apatia.

ESCORPIÃO

Escorpiana, em seus olhos me perco,
em seu feitiço me enrosco,
mas em seus sonhos não penetro.
Você se esconde sob máscaras
e não permite que o amor invada
as imediações do seu coração.

Esqueça a casca, esqueça as garras
e olhe de lado, e olhe pra mim.

Não sei se será uma sorte grande,
mas será bem melhor que o sufoco
de viver só pra dentro, feito caracol.

SAGITÁRIO

Foi, foi sim
uma sagitariana bem risonha,
exagerada nos gestos e impulsos,
que me desafiou com o seu olhar,
que me encantou com a fala fácil,
que me fez subir nas nuvens
com o seu jeito de dançar solto,
sem tirar os pés do chão.
Só que num segundo chegou
e partiu num invisível voo.

Em que país ou galáxia
andará a minha sagitariana?

CAPRICÓRNIO

Capricorniana, capricorniana,
que cara amarrada,
que mania de agarrar no livro
e nos deveres e trabalhar, trabalhar.

Capricorniana, capricorniana,
o mundo não vai se acabar,
o zero não atingirá o seu boletim
se você parar um pouco pra sorrir.

Gosto de ver você tão sabichona,
participo de suas notas altas
e de todos os seus sucessos.
Mas você poderia ser menos tensa,
mais afável e mais liberada.

Capricorniana, capricorniana,
nem o compromisso mais sério
tem o valor do seu sorriso.

AQUÁRIO

Menina de aquário,
segure um pouco o seu tempo,
maneire o jeito afoito de nadar.
Por que tanta pressa de chegar
ao ano 3000?

Gosto da sua liberdade,
vibro com a música do seu corpo,
me amarro no seu jeito urgente de inaugurar
todos os dias uma nova manhã.
Só que sou lento e não dou conta
de acompanhar o seu ritmo, o seu voo.

Enquanto pra mim chega janeiro,
você já está em vésperas de outro Natal.

PEIXES

Pisciana, pisciana, acorde
pras coisas mais tangentes,
pras coisas mais urgentes.
Você não pisa no solo,
não busca o que há na realidade.

É bom envolver-se em mistérios,
buscar deuses, fadas, duendes,
países e amores impossíveis.

Só que não custa olhar de lado
e observar que há alguém,
com alguma carne e muito osso,
piscando, desenhando, batendo o lápis,
fazendo caretas, estudando sorrisos,
só pra chamar a sua atenção.

O AUTOR

Nome completo
Elias José

Locais e datas de nascimento e falecimento
Santa Cruz da Prata (MG), 25 de agosto de 1936/
Santos (SP), 02 de agosto de 2008.

Filhos
Iara, Lívia e Érico

Profissão
Professor/escritor

Formação acadêmica
Graduação em Letras e Pedagogia
e Pós-Graduação em Teoria
da Literatura, Língua Portuguesa
e Literatura Brasileira

Escrevi muitos livros de poesia para crianças, tendo sido *Um pouco de tudo*, publicado em 1982, o primeiro deles. Os leitores, que eram crianças, ficaram adolescentes. Hoje, muitos já são jovens; outros, adultos. Como escrevo também novelas e contos juvenis e para adultos, sempre que ia a alguma escola falar para adolescentes, os meus ex-leitores de poesias infantis me cobravam poemas para a idade deles. Resultado: comecei a observar mais as minhas duas filhas, na época adolescentes. Comecei a ler e a frequentar cursos de psicologia do adolescente. Passei a analisar mais o comportamento dos adolescentes na escola em que eu lecionava, embora os meus alunos já fossem jovens do ensino médio. Tudo o que via, observava, ouvia e lia virava anotações. E fui conhecendo cada vez melhor o universo dos adolescentes: os seus sonhos, os medos, as visões de mundo, as reações diante da descoberta do amor, as modificações psicológicas que vinham com as mudanças no corpo, as ansiedades, como conviviam com a solidão, a sua permanente busca de comunicação e os desajustes no relacionamento na escola, com os amigos, com a família e com o mundo.

Do conhecimento ao aproveitamento literário das anotações foi um pulo apaixonante. Assim nasceram contos e novelas retratando o mundo dos adolescentes. Assim nasceram sobretudo os poemas do livro *Cantigas de adolescer* (também da Editora Atual). Como os adolescentes gostaram muito dos poemas desse livro, como muitos se inspiraram neles para criar os seus próprios poemas e cadernos de poesia, como ganhei muitos prêmios literários importantes e muitas edições se esgotam sempre, senti-me provocado a repetir a dose.

Espero que este **Amor adolescente** também comova muitos leitores, sobretudo os adolescentes que estão descobrindo o amor. Tomara que eu tenha conseguido algo novo, escrevendo sobre o tema mais antigo, mais explorado e que mais toca fundo a alma dos poetas.

Aguardando a sua reação, despeço-me, leitor amigo, com um carinhoso abraço.

ENTREVISTA

Nada melhor do que dialogar com o poeta para descobrir suas motivações e desejos ao escrever.

Por que escrever poemas dirigidos a um público adolescente?

Eu tenho um livro de poesia para adultos, com uma única edição esgotada: *A dança das descobertas*. Tenho uns dez para crianças, alguns já com dez a doze edições. Quando eu ia falar em escolas, o público adolescente que me leu em criança sempre me cobrava poesias para ele. Perguntava-me por que eu só escrevia novelas e contos, e não poemas. Acho que me senti cutucado, provocado. Sempre escrevo assim, respondendo a alguma provocação. Topei, escrevi, deu certo, e este é o meu terceiro livro de poesia para adolescentes.

O que levou você a escolher os nomes Maria e João para os autores dos cadernos de cantigas?

Títulos e nomes de personagens nascem intuitivamente, pelo menos no meu caso. Depois é que procuro explicações lógicas. Por exemplo, por que cantigas? Gosto muito das cantigas de amigo e de amor, compostas na Idade Média. As poesias de amigo são escritas na voz da mulher, mostrando os sentimentos femininos. Olhe aí a voz da Maria. As cantigas de amor são poemas na voz e com os sentimentos do homem. Olhe aí o João. João e Maria sempre foram os nomes mais conhecidos. Eles estão até nas piadas e nos contos de fadas. Hoje, a moda é colocar nos filhos nomes complicados, de artistas de cinema e tevê, ou de personagens de novela. Maria e João, sendo conhecidos, para mim, representavam todas as garotas e garotos. As cantigas seriam deles e dos leitores para quem foram feitas.

Como se sabe, você também é muito conhecido por escrever em prosa. O que veio primeiro em sua carreira, a prosa ou a poesia?

Na carreira de escritor, a prosa veio primeiro. Meus quatro primeiros livros foram três de contos e um romance para adultos. Depois vieram novelas juvenis e infantis. Mas na adolescência, sem pensar em ser escritor, como muitos garotos de minha geração, escrevi primeiro poemas para namoradas. Garoto do interior, nas quermesses, mandava sempre poemas melosos em cartões chamados Correio Elegante. Eram vendidos para a festa dar mais lucro e para estimular os corações apaixonados e tímidos. Já ouviram falar disso? Era um tempo romântico e divertido.

É possível perceber em alguns poemas uma recriação do que outros poetas já disseram. Quais são suas maiores influências poéticas?

Uma das características do neomodernismo é a chamada intertextualidade. Os poetas de hoje, para homenagear outro, ou para retomar algum tema provocante ou verso que ficou na memória, costumam fazer esse tipo de apropriação do texto alheio. É o meu caso. Além disso, sou um apaixonado leitor de poesia, mais do que de prosa. Assim, como não ter alguma influência de Drummond, Bandeira, Quintana, Cecília, Vinícius, Fernando Pessoa e outros?

ADOLESCÊNCIA
entre linhas e letras

AMOR ADOLESCENTE

ELIAS JOSÉ

ROTEIRO DE LEITURA

Maria e João escrevem, cada um a seu modo, poemas reunidos em cadernos. As visões do eu e do outro, permeadas pelo viés das descobertas amorosas, velam e revelam novas experiências. Maria, aberta ao mundo dos sentidos, saúda a chegada do próximo século e capta as fases da lua. João, munido de palavras e versos, descreve diferentes percepções e canta os signos do zodíaco.

O beijo que se prolonga, o namorado que escreve errado, as rosas que não podem ser desprezadas, a gaveta que guarda meio mundo estão nos versos de Maria. O ciúme que não se declara, os sentimentos que escoam com o tempo, o vazio de um dia sem sol, o eco que ressoa na caverna compõem a poesia de João.

Maria pode ser qualquer garota, João pode ser qualquer rapaz. Em comum, a busca de palavras que componham imagens capazes de traduzir inusitados sentimentos e experiências adolescentes.

16. Certamente há em sua turma pessoas que tocam um instrumento (violão, piano, guitarra, baixo, flauta) ou que gostam de cantar. Dividam-se em grupos para criar uma melodia e um arranjo a partir de um dos poemas do livro. Depois que os grupos tiverem terminado seu trabalho, façam um concurso para apresentar os resultados à classe e escolher a melhor canção.

17. O nome da amada de João aparece pichado em alguns muros. Você sabe a diferença entre pichação e grafite? Façam uma pesquisa em equipe, baseando-se também nas orientações do professor de Artes ou Educação Artística. Paralelamente a essa atividade, seria muito enriquecedor que vocês fizessem um trabalho de campo, fotografando muros pichados e grafitados de sua cidade. Depois, com os outros grupos, façam uma exposição dos trabalhos na escola, para que outras pessoas possam ver.

SUGESTÕES PARA REDAÇÃO

18. Uma sensação muito comum à maioria dos adolescentes é a oscilação de humor e sentimentos, muito bem captada pelo poeta nos poemas 'Duas faces', 'Aqueles dias', 'No espelho'. Certamente, você também já experimentou essa sensação de estar dividido, oscilando entre uma coisa e outra. Escreva uma página de diário contando alguma história pessoal que tenha relação com esse tema.

19. Faça uma pesquisa sobre as origens e os fundamentos do horóscopo dividido em signos zodiacais. Com base nessa pesquisa e na sua experiência com descrições e previsões astrológicas, escreva uma dissertação em que você sustente uma posição favorável, contrária ou neutra quanto à utilização do horóscopo como instrumento de conhecimento da personalidade das pessoas e de previsão do futuro.

20. O poema 'Desejos', do caderno de Maria, mostra o jogo entre fantasia e realidade, que também costuma frequentar a cabeça dos adolescentes. Escreva uma carta, endereçada a alguém que quer conhecê-lo(a), na qual você faça um autorretrato, revelando-se sonhador, romântico, realista, crítico ou tudo isso misturado.

13. O início do poema 'Aqueles dias', do caderno de Maria, lembra vagamente a canção Roda viva, de Chico Buarque, que também fala de dias tristes. Procure a letra dessa canção escrita em 1967 e, refletindo sobre a realidade brasileira daquela época, descubra as motivações que levaram o compositor a escrevê-la. Compare essas motivações com as do poema 'Aqueles dias'.

_____
_____
_____
_____
_____

14. O poeta Vinícius de Morais escreveu o 'Soneto da fidelidade', que termina assim:
"Eu possa me dizer do amor (que tive):
Que não seja imortal, posto que é chama
Mas que seja infinito enquanto dure."

a) Qual é a noção de amor que o eu lírico apresenta?

_____
_____

b) No caderno de Maria, há um poema que apresenta visão semelhante sobre o amor. Diga qual é esse poema e destaque os versos que traduzem essa visão.

_____
_____

ATIVIDADES INTERDISCIPLINARES
(Sugestões para História, Música e Artes)

15. Faça uma entrevista com adolescentes de sua rua ou de seu prédio para saber o que eles pensam e esperam do século XXI. Elabore perguntas sobre as expectativas deles a respeito de relacionamentos, de estudos, de trabalho, de qualidade de vida. Tenha o cuidado de entrevistar meninos e meninas, especificando a que faixa etária pertencem.

POR DENTRO DO TEXTO

1. O autor da obra, Elias José, cria duas personagens, Maria e João, para dar voz a seus poemas. Tanto Maria como João se revelam nos poemas intitulados 'Apresentação', que abrem os respectivos cadernos.

   a) Quando dedica seus poemas ao novo século e aos adolescentes deste e do próximo século, que sentimento Maria deixa transparecer no poema, especialmente na terceira estrofe?

   _____
   _____
   _____

   b) É possível afirmar que esse mesmo sentimento está presente no primeiro poema de João? Justifique sua resposta com versos do poema.

   _____
   _____
   _____

2. Os poemas 'Nas fases da lua', do caderno de Maria, e 'Conselho', do caderno de João, têm em comum o foco nas mudanças que a lua sofre até completar seu ciclo. Na sua leitura dos poemas, observe a voz que fala em cada um deles, o chamado eu lírico.

   a) A partir da observação dos verbos presentes nos dois poemas, você diria que a atenção do eu lírico está voltada para o mesmo ponto? Explique.

   _____
   _____
   _____
   _____
   _____
   _____

   b) Destaque, para cada fase da lua, um verso que, segundo a sua percepção, traduza bem as ideias de crescente, nova, cheia e minguante. Faça isso nos dois poemas.

   _____
   _____

...ê notou, Maria e João recebem declarações de amor por escrito, o ...ser percebido, respectivamente, nos poemas 'O bilhete' e 'Carta de ...eu lírico de 'O bilhete', representado por Maria, mostra-se dividido ...ão à declaração recebida.

...aque quatro versos do poema que deixem isso claro.

_____

_____

...que Maria exclama: "E eu lá sou louca de mostrar/aquele bilhete de ...or!…"?

_____

_____

...O eu lírico de 'O bilhete' deixa claro que conta para todo o mundo as ...palavras escritas por seu amado. De acordo com sua leitura, isso também ...acontece em 'Carta de amor'? Como João manifesta sua satisfação diante ...do recebimento da carta?

_____

_____

_____

...Em 'O seu nome', o poeta brinca com os suportes, ou seja, os locais em que o nome da amada é escrito.

a) Relacione os suportes em que aparece o nome da amada.

_____

b) Desses suportes, qual possibilita maior número de leitores? E menor? Justifique sua escolha.

_____

_____

_____

_____

c) Em nenhum momento João caracteriza com adjetivos sua amada. Porém, é possível dizer, de acordo com os versos, como ela se comporta diante das declarações de amor do rapaz. Escolha dois adjetivos para caracterizar a atitude da garota.

_____

d) Releia a quarta e a quinta estrofes, destacando três motivos que justifiquem a atitude final de João.

_____

_____

_____

5. Em 'O inadiável', o poeta sugere, na primeira estrofe, que algumas atividades cotidianas podem ser deixadas de lado.

a) Releia os versos dessa estrofe e justifique o emprego de *até* no último verso.

_____

_____

_____

_____

_____

b) Ao dar destaque ao inadiável, o encontro amoroso, o poeta evoca duas imagens típicas dos contos de fadas. Que imagens são essas?

_____

c) Por que o poeta utiliza a palavra *apenas*, nos versos entre parênteses?

_____

_____

6. Embora a grande maioria dos poemas de *Amor adolescente* não tenha uma preocupação direta com a sonoridade, especialmente com as rimas, percebe-se que o poeta, em alguns poemas, trabalha com o ritmo e com a terminação dos versos, buscando uma certa uniformidade métrica e sonora.

a) Em 'No espelho', leia os quatro versos iniciais da 1ª estrofe e encontre, na 2ª estrofe, os versos que correspondem ao ritmo adotado pelo poeta naquele trecho do poema.

_____

b) Nesse mesmo poema, encontre, na 1ª estrofe, os versos que rimam com "Se alguém falar de amor,/a gente acha que é gozação!" (2ª estrofe).

_____

7. Um dos recursos expressivos mais frequentes na poesia é a metáfora, que pode ser entendida como uma comparação abreviada. No poema 'As ciências do amor', depois de uma sucessão de experiências ligadas ao conhecimento escolar, o poeta escreve: "Você e eu somos a ciência do amor".

a) Explicite a metáfora presente nesse verso.

_____

b) Mostre os possíveis significados da palavra *ciência* nesse verso.

_____
_____
_____

c) Encontre, nos cadernos de Maria e de João, outras metáforas.

_____
_____

8. Em 'Insônia', há uma palavra que se repete no início da maioria dos versos.

a) Que palavra é essa?

_____

b) Que efeito o poeta buscou com a repetição dessa palavra?

_____
_____
_____

DO TEXTO AO CONTEXTO

9. No poema 'Pedido', Maria sinaliza que está ocupada em beijar seu namorado e aproveita para mandar recados indiretos, já que ela não diz a quem se dirigem. Na sua opinião, a quem são dirigidos os pedidos de Maria?

_____
_____
_____

10. Será que aqueles que dão aula sempre são ser[...] alunos, como a personagem de 'O professor[...] Você já viveu situações semelhantes à relatada[...] afirmativo, conte como foi.

_____
_____

11. João escreve uma série de poemas baseados nos sig[...] descreve algumas características das mulheres nasc[...] pelo signo. Releia esses poemas e discuta oralmente:

a) (meninas) Você apresenta características semelhant[...] ma de seu signo?

b) (meninos e meninas) Você presta atenção ao signo [...] está interessado(a) antes de começar o namoro?

c) (meninas e meninos) Você acredita nos conselhos dado[...]

OUTROS TEXTOS, OUTRAS LINGUAGENS

(Poesia e música)

12. O poeta português Fernando Pessoa escreveu um poema que começ[...]
"Todas as cartas de amor são
Ridículas.
Não seriam cartas de amor se não fossem
Ridículas."
Procure numa biblioteca o livro que contém o poema escrito por Fernand[...] Pessoa (*Obra poética*, Aguilar, p. 333). Volte à 'Carta de amor', do caderno de João, e confronte a posição dos eus líricos a respeito de cartas de amor nos dois poemas.

_____
_____
_____
_____
_____

Todo poema emana da experiência extraída do mundo real. Em que medida sua vivência permitiu uma aproximação com o universo adolescente?

Sempre estive muitíssimo próximo de crianças e adolescentes, como tio, pai e professor. À exceção dos alunos da faculdade, todos sempre me chamaram pelo nome. O chamar só pelo nome indica intimidade, mas não ficavam só nisso. Sempre me procuravam para conversas pessoais ou para me mostrar músicas, desenhos e textos. Ainda hoje, quando estou na direção de uma escola e já não leciono, acontece a mesma coisa. Esses gestos indicam carinho, afinidade e confiança, não acham? É uma grande aproximação com o universo do adolescente.

É possível dizer que sua postura como escritor é diferente quando você escreve poesia e quando escreve prosa? Por quê?

Ao me sentar para escrever, com uma ideia, não sei o que vai sair. Logo nas primeiras frases, sinto o gênero. A prosa escoa, flui, sai mais leve, está mais presa a uma história, personagens, lugares e jeito de narrar. O poema, mesmo narrativo, vem em ritmo musical, despreocupado em contar, mas preocupado em sensibilizar sonora, visual e mentalmente. A palavra na prosa é mais lógica. Na poesia vem através de metáforas, de imagens poéticas. Não há muito o que mexer num texto em prosa. O poema sempre nos dá a sensação de estar inacabado. Se a gente começar a mexer muito nele, sai outra coisa ou saem novos poemas.